LE PINCE… …RE

Texte de Didier Du…

Illustratio… …ier

Pour Iban et Ilann.

D. D.

Pour Chiaki.

S. G.

Albums du Père Castor Flammarion

Éditions Flammarion (N°2763), Paris, France - ISBN : 2-08162763-9

Wang Li était le plus jeune fils
d'une famille de paysans.
Il vivait au pied des montagnes
du nord de la Chine
et s'occupait à garder
un petit troupeau de chèvres.
Comme les journées étaient longues,
il passait son temps à observer la nature
et à admirer le paysage.

Wang Li aimait beaucoup dessiner.
Il rêvait d'apprendre la peinture
pour raconter toutes les beautés du Monde.
Hélas, il était si pauvre
qu'il ne pouvait s'acheter un pinceau.

Un jour, en passant devant une école,
Wang Li vit un maître
peignant un tableau.
Sur une table basse s'alignaient
des pinceaux de toutes tailles.

Wang Li s'inclina devant l'homme :
– Maître, demanda-t-il,
pouvez-vous me prêter un pinceau ?
Je voudrais apprendre la peinture.

Voyant les vêtements usés de Wang Li,
le maître se mit à ricaner :
– Un petit pauvre
qui veut apprendre la peinture !
Allons, misérable, passe ton chemin.

Wang Li s'éloigna, triste mais décidé.
« Si c'est ainsi, j'apprendrai seul, se dit-il. »

Wang Li se mit à dessiner
chaque fois qu'il en avait le temps.

Quand il ramassait du bois mort
pour en faire des fagots,
il dessinait des oiseaux
sur le sol avec une brindille.

Quand il gardait le troupeau
près de la rivière,
il trempait son doigt dans l'eau
et dessinait des poissons
sur les rochers de la rive...

Le temps passa...
Wang Li dessinait si bien les oiseaux
et les poissons qu'on s'attendait
à les entendre chanter ou à les voir nager.
Pourtant, il n'avait toujours pas de pinceau...

Une nuit, il rêva qu'un homme à la barbe blanche
lui tendait un pinceau en disant :
« Voici un pinceau magique, il est pour toi. »

Quand il se réveilla,
Wang Li tenait à la main
un pinceau au manche de bambou.
« C'est le même que celui de mon rêve ! »
s'étonna le jeune garçon.
Aussitôt, il peignit un oiseau
et celui-ci s'envola dans les airs.
Il peignit ensuite un poisson
qui sauta dans la rivière.

Wang Li comprit alors que le vieillard avait raison :
ce pinceau était vraiment magique !
Il se mit donc à peindre
pour les pauvres du village.

Il peignait des charrues, des lampes,
du grain, des poules et des cochons.
Et chacun repartait avec ce que Wang Li
avait créé avec son pinceau magique.

Ces prodiges parvinrent
aux oreilles de l'empereur.
Il fit arrêter Wang Li,
ordonna qu'on le jette en prison
et s'empara du pinceau magique.

L'empereur se mit aussitôt
à peindre des sacs d'or...
Dès qu'il eut terminé,
la montagne de sacs d'or
se transforma
en un misérable tas de cailloux.

Il peignit alors
des pierres précieuses...
Elles tombèrent en poussière !

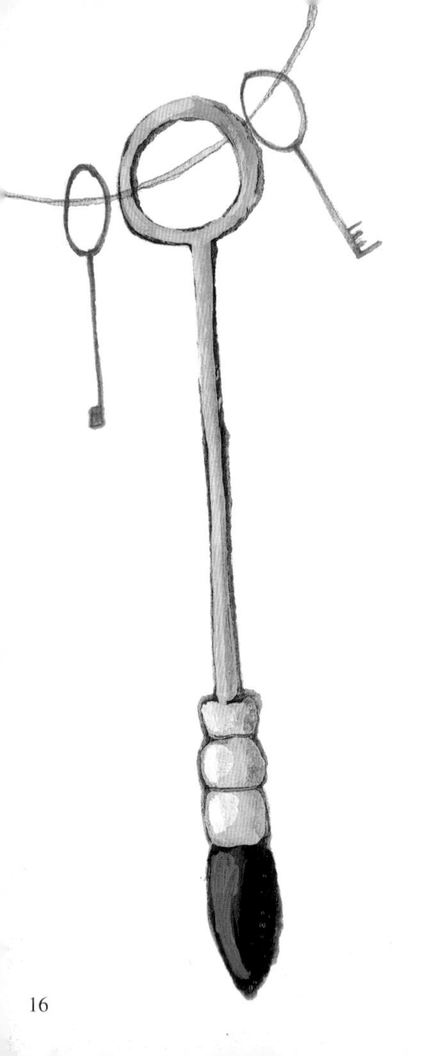

L'empereur comprit vite que seul Wang Li
pouvait se servir du pinceau magique.
Il le fit sortir de sa prison et lui dit :
– Tu vas peindre pour moi
tout ce que je t'ordonnerai.
Pour voir ce dont tu es capable,
tu vas d'abord peindre la mer.

Wang Li prit le pinceau magique
et, en quelques instants,
la mer s'étendit au pied du palais.

L'empereur ordonna :
– Peins aussi des poissons !
Le pinceau dessina mille poissons
qui se mirent à nager dans l'eau transparente.

C'était si beau que l'empereur voulut naviguer.
– Vite, un bateau ! ordonna-t-il.
Le pinceau virevolta et
un magnifique navire apparut sur les flots.

L'empereur monta à bord avec toute sa cour...
Un coup de pinceau et la brise se leva,
gonflant les voiles.
Le navire s'éloigna du rivage.
– Encore du vent ! cria l'empereur.

Wang Li ajouta
plusieurs coups
de pinceau.
La mer s'agita et
les vagues se creusèrent.
Des paquets d'eau
s'abattirent sur le pont.
L'empereur était trempé.
– Ça suffit, maintenant !
hurlait-il dans la tempête.
Assez de vent !

Mais Wang Li ne l'écoutait plus...
Son pinceau allait et venait dans le ciel,
traçant de larges courbes.
Les hurlements de l'empereur
se perdaient dans le bruit du vent.

Le navire était ballotté par les vagues écumantes.
Bientôt, il disparut à l'horizon,
entraînant avec lui l'empereur et toute sa cour.

Wang Li rangea
son pinceau magique
et la tempête s'apaisa.

Il retourna alors dans son village,
où il passa le reste de sa vie
à peindre pour les pauvres gens.

Imprimé par G. Canale & C. S. p. A., Borgaro T. se, Turin, Italie -12/2004 - Dépôt légal : janvier 2005
Loi n° 49-956 du 16 juillet 1949 sur les publications destinées à la jeunesse